花冷

渡部兼直

編集工房ノア

花冷　目次

装幀　森本良成

*

序の詩

春は花冷え
ものすごし
帰り来たる
女のまぼろし
長屋の三軒目
ミヨちゃん
ファシズムの世にあれば
一度も口きかず
一度もいつしよに学校に行かず

いつしよに帰つたこともなし
あんまり早く死んでしまつた
ミヨちやん
ファシズムは女学校の近く
通つただけで殴ぐられた
横恋慕しつこく
迷惑かけた
女のまぼろし
ひとつだけ聴きたい
もう遠慮しないで
痴話をしたい
花のにほふ奥処《が》
花冷えものすごし
女の幽界

Unidentified Flying Object

空の青
たちきる
電線　はさまれ
光る白い球
さびし
どのオブジエにあつても
さびし
身も世もなく
さびし

金も玉も凍り
さびし
幽霊さへ泣きだし
さびし
しいん　しいん
さびし
どのいのちにあつても
さびし
宇宙はさびし
つひに爆発
女におぼれる
酒におぼれる
とがめてはならぬ

モオニングデユ[*1]

夜明けの風　露こぼれる
あなたのなみだ　真珠にまさる
ちひさい竹の橋わたり[*2]
心中しませうよ
天までとどく椰子
葉のささやき
ラヴリ　フラ　　ハンド[*3]
手をたづさへ
ちひさい竹の橋わたり

心中しませうよ
此の世のなごり　夜のなごり
夢の夢こそ　あはれなれ[*4]
ねえ
心中しませうよ
ビヨン　ザ　リイフ[*5]
虹のかなた[*6]

＊1　モオニングデユ　作曲E・カメエ
＊2　ちひさい竹の橋　作曲アル　シヤマン
＊3　ラヴリ　フラ　ハンド　作曲R・A・アンダスン
＊4　近松門左衛門「曽根崎心中」1703
＊5　ビヨン　ザ　リイフ　作曲J・ピトマン
＊6　虹のかなた　作曲ハロルド　アレン

サマタイム*

サマタイム
リヴイング　イズ　イズイ
海の風
砂の眠
アロハ着て
トツトリケン　ハワイ
サマタイム
女もつともラヴリ
夕立《シャワア》に濡れる
曲者《チカン》いつさんにすべりゆく

不審者
茶人
老人の想ひもよろめく
サマタイム
若い女あふれる
Mephistopheles 来てくれないか
あなたの魂もはや
50パアセント悪魔です
サマタイム
リヴイング　イズ　イズイ

＊この詩は、原作「サマタイム」とかなり違つてゐる。原作「サマタイム」は、作詞ドロシ　ヘイワアドとアイラ　ガアシユイン、作曲ジヨジ　ガアシユイン。アイラは、ジヨジの兄。一九三四。

誹風久米の仙人

棚引く
雲の絶え間より
久米どさり[*1]
あれえ
仙人さまあ
濡れ手で抱き起こし[*2]
骨つぎ
温泉治療
仙人考へ変へ
白ら萩の女[*3]

所帯持つ
変なひと
はしたない
けどふたり
しあはせ
しあはせつづかない
あれえ仙人サマ
霞になる
雨になる
霊になる
ほんとに
仙人になる

＊1　誹風柳多留　八十二篇
＊2　誹風柳多留　十九篇
＊3　白ら萩　白ら脛　掛詞

CROWDAD

老人の歩行
スウツよれよれ
CROWDAD
あらざらん
この世のほかの想ひ出に
今ひとたびの
あふこともがな

春の流れやみだれ髪
からすの濡髪
湿る経帷子の魂
烏の翼《はね》を拡げん

アホ烏
ガツコ烏
何《クワ》何《クワ》烏

友だち　つぎつぎ
ゐなくなり
数すくない
友だち

秋

暮の秋
祖母の簪
拾ふ
敵対
はてしなく
ゆゑに無意味なり
早めに隠居する
夏は

水のほとり
冬は
いほりを閉ざし
埋火のもと
恋慕する
いまひとたび
草葉の陰
であひたい

愉快な散歩人

疫病神
戸たたく冬
去りぬ
愉快な散歩人
春の港に行く
雪どけのさざ波さまよひ
シベリアから風すすり泣く
街並はなんの祭
ねぢり鉢巻そろひの印半纏
オミキ集団酔ふ

とがつた恐ろしいまなこ
じろり
余所者
関東大震災　韓国人
殺すまなこ
埠頭あゆめば
烏の集団嗄れ叫ぶ
本気ならば人のひとり
殺すべし
愉快な散歩人
あたふた
電車にのる
痴漢にされないやう
隅に坐す

夏の花

猿すべり
尻餅搗く
落第生
和歌に歌はれず
俳諧にとられぬ
夏休みの花
夏休みの想ひ出の花

若い女先生
夏休みもう
泣くなりました
なんですて
なんたる偏見
なんたる未開
なんたる野蛮
なんたるファシズム

航路

都市と都市と
海の血管通る

海の腿
フライングフイシュ
ミカンのタングステン

眠りのなか
ひらく

入江の目
入江の乳房
眠る
ダダイスト

固体の執着
溶ける
海のかなた
砂のかなた
走り去る娘
放心する通信

水のなかの物語

葦のなか
のぞく
水浴《みづあ》みする妖精
遠眼鏡のばし
のぞく
妖精の唇
蛙に化け
泳ぎよる
目玉　グリ　グリ　ムムム

ク　ドウ　メ　ブラ　デフエ　パルドウ　ヴアグ　トレパ
セト　プロア*
水に映つる
この物語
ながめゐる河童

*力も萎えし諸腕《もろ》をすべり抜けたり
この獲物
ステフアヌ　マラルメ／鈴木信太郎訳「半獣神の午後」

12 JUIN

Yaourt exécutte

Orchestre noyé de douceur

Ketchup à ta joue

Odeur merveilleuse

30 October

Yogourt executes
Orchestra drowned in delicious drinks
Ketchup on your cheek
Odor nice makeup

寒山 COLD MOUNTAIN

trilingual

可笑寒山道
而無車馬蹤
聯谿難記曲
疊嶂不知重
泣露千般草
吟風一樣松
此時迷徑處
形問影何從

The path to Han-shan's place is laughable,
A path, but no sign of cart or horse.
Converging gorges—hard to trace their twists
Jumbled cliffs—unbelievably rugged.
A thousand grasses bend with dew,
A hill of pines hums in the wind.
And now I've lost the shortcut home,
Body asking shadow, how do you keep up? *

重巖我卜居
鳥道絶人迹
庭際何所有
白雲抱幽石
住玆凡幾年
屢見春冬易
寄語鐘鼎家
虚名定無益

In a tangle of cliffs I chose a place—
Bird-paths, but no trails for men.
What's beyond the yard?
White clouds clinging to vague rocks.
Now I've lived here—how many years—
Again and again, spring and winter pass.
Go tell families with silverware and cars
"What's the use of all that noise and money?"

父母續經多
田園不羡他
婦搖機軋軋
兒弄口喝喝
拍手催花舞
搘頤聽鳥歌
誰當來歎賀
樵客屢經過

先祖の遺産　書籍あり
田畑　隣をうらやむことなし
女房　機《はた》をあやつり　カタンカタン
こども　舌まはり　フワフワ
手たたき　花の舞
ほほ杖つき　鳥の歌
この暮らしすばらしと讃へる人なし
樵《きこり》　しばしば立ち寄つてくれる

徒勞說三史
浪自看五經
洎老檢黃籍
依前注白丁
笠遭連蹇卦
生主虛危星
不及河邊樹
年年一度青

むなしく労し史書など教へる
わけもなく五経など読む
老人になつても役場の書記
十年一日　平民あいて
運勢占へば　かならず悪運
一生凶星に支配されてゐる
川辺の柳に及ばない
毎年春になれば　緑の芽

妾在邯鄲住
歌聲亦抑揚
賴我安居處
此曲舊來長
既醉莫言歸
留連日未央
兒家寢宿處
繡被滿銀牀

あたし邯鄲に住んでますの
歌声　微妙なのよ
ゆたかな都ですもの
あたしの作曲　長いヒツト曲なの
こんなに酔つぱらつて　うちに帰れるの
居つづけなさいよ　夜は永いわ
あたし　寝室は
銀のベツドに　刺繍の蒲団

蹭蹬諸貧士
飢寒成至極
閑居好作詩
札札用心力
賤人言孰采
勸君休歎息
題安餬餅上
乞狗也不喫

貧乏書生　みじめなる
寒と飢　もはやぎりぎり
無位無官　詩を好む
心力のかぎり　詩を作る
貧乏人のことば　だれもみむきせず
汝　嘆息をやめよ
餅の上に詩を題するも
野犬も食ひつかぬ

＊英訳はゲイリ　スナイダ「RIPRAP and COLD MOUNTAIN」(1959)
Gary Snyder（一九三〇――）はじめて中国詩に出会つたのは'49十八歳の頃、翌年、鈴木大拙の英文禅仏教書を読み、強い関心をおぼえ、今日も一貫してゐる。

一九五六年、二十五歳、初来日、相国寺の雲水になり修行にはげむ。――一九六八年、三十七歳まで。

この間、大徳寺龍泉《リョウセン》庵の研究所図書館（内外のすぐれた学者がゐた）において漢文を学習、この時、寒山詩に出会ふ。ゲイリの思想と人生にあつて、寒山と宮沢賢治との出会ひは重要である。

ゲイリの多くの詩文にあつて、まづ、詩集「亀の島」(1974)、日英バイリンガル版「亀の島」(1991山口書店)のなかの「PLAIN TALK」おすすめしたい。

これもまづ、金関寿夫「詩と地理―ゲイリイ・スナイダーとの三週間」(「アメリカ現代詩ノート」(1977研究社))おすすめしたい。

寒山拾得は、茶会の掛物、美術館、画集など身近な存在として親しまれてゐる。

寒山詩集（拾得の詩も含まれてゐるやうである）の方は、現在あまり読まれてゐない。

入谷義高「寒山」（中国詩人選集第五巻（岩波書店1958））この本を手にとり、夢中に読んだ。ゲイリの寒山との出会ひの時から五十九年後の寒山との出会ひである。

寒山拾得、かかはりある人びと、「寒山詩集」を編集した人、序文を書いた人、すべて謎であり、学問上に確定することは不可能である。しかし学者は研究をつづける。

寒山拾得は、乞食であるのか、狂人であるのか、文珠、普賢の化身であるのか、だれにもわかつてゐない。

森　鷗外「寒山拾得」（1915大正四）よみかへした。子息の質問に答へるために一気に書かれた。このなかに、

「松林の中から拾つて帰られた拾子」、「拾得が食器を滌《あら》ひます時、残つてゐる飯や菜を竹の筒に入れて取つて置きますと、寒山はそれを貰ひに参るのでございます。」

鷗外「寒山拾得」は鷗外の心を知るために、重要な一作に思はれる。

「中国のちゃんとした詩人は、かあいそうにみな役人である」

「寒山の詩は役人の世界とは全く縁のない人物の言葉として提出されてゐる」

詩語と文法がよほど違つてゐる

であるから、寒山の詩は洗練された中国詩の伝統とは異なる。

（「寒山」跋　吉川幸次郎）

石のいそほ物語

晋時樵者王質、逢㆓二童子棊㆒、与㆓質一物㆒
如㆓棗核㆒食㆑之不㆑飢、置㆓斧于㆒而観、
童子曰、汝斧柯爛兮、質帰㆓郷閭㆒、
無㆓復時人㆒。

任昉《ジンバウ》　述異記

草香る球場
老人ひとりすわつてゐる
ボオルの意志を知りたい
少年ひとりを追つてゐる

するどい打球　せきれいもゐて
さける技術を知つてゐる
練習をはり
老人　少年を碁会所に連れ帰る
石の意志を知りたい
少年　するどい棋士になる
老人　するどい棋士であり
しあはせなる棋士
石の意志

淡いゆめ

死んでゐるか
生きてゐるか
わからない
淡いゆめ
立つてゐる女
大地の遠い
砂
井戸
いつのまに

この島に
たどりついてゐる
葦しげる川
女のいほり
きがついた時
ピカドン
焼夷弾
きがついた時
戦争孤児
戦争未亡人
敵対する人間は
どちらも恐ろしい
万事たのむべからず
死んでゐるか

生きてゐるか
わからない
どんな時代にも浮かぶ
淡いまぼろし

死後の人生

三界はただ心ひとつなり

鴨　長明　方丈記

河鍋暁《キヤウ》斎
一八三一天保二年生まれ
一八八九明治二十二年死す
殺伐たる時代であつた

暁斎の
花魁《おいらん》の全身像
着物の裾を
暁斎の骸骨めくり
なかを覗いてゐる
これはすごい
これは愉快

視たもの

sur le cadran solaire de ta vie *

ロベエル　デスノス

視たものこそ
在るもの
妄想に診断されるも
錯覚に否定されるも
夢に浮かぶ
いとしい驚くべき
幻影《ヴィジオン》
網の川ちどり

橋本の若竹
さみせん草の花咲く垣根
島原の小糸
ヴイジオネエル
蕪村翁
かながきの詩
流れゆく水
女のまぼろし
影を水に映し
男のまぼろし
浮かんで去り行くことすみやか也

＊あなたのいのちの日時計の上

江戸の女

蚊帳のなか
江戸の女
ねむる

月の光
蚊帳のうち
だまつて
すつとはいつてくる
女のからだ

くまなく
さはり
すきとほる

桂男
づうづうしい

まだ夜はあけないのに
桂男
すうつと帰つてしまふ
だまつて

ほかの女をさはりに行く

桂男
悪い男

時雨

李賀
よばふ
香魂
時雨おとづれ
帰り来たる
香るたましひ
時雨のひとつぶ
香る涙

跋の詩

fondé sur Paul Delvaux ‘Hommage â Jules Verne’

紅葉の奥に消えたひと
霧につつまれる紅葉
帰り来たる
女のからだ

まざまざ
ヘア　ヴアジナ
ゆびにふれる
なごりをしや
霧とともにうせにけり

花冷《はなびえ》
二〇一六年五月一日発行
著　者　渡部兼直
発行者　涸沢純平
発行所　株式会社編集工房ノア
〒五三一―〇〇七一
大阪市北区中津三―一七―五
電話〇六（六三七三）三六四一
FAX〇六（六三七三）三六四二
振替〇〇九四〇―七―三〇六四五七
組版　株式会社四国写研
印刷製本　亜細亜印刷株式会社

ISBN978-4-89271-253-1